Mãe, pai,

vocês podem me ouvir?

DESPINA
MAVRIDOU

Mãe, pai,
vocês podem me ouvir?

Ilustrações
KORINA MARNELAKI

Tradução
FLAVIA BAGGIO

São Paulo
2023

gaudí
editorial

Mum, Dad can you hear me?
© 2020, Despina Mavridou
© Illustrations 2020, Korina Marnelaki
All rights reserved.
Portuguese translation copyright: © Gaudí Editorial Ltda., 2022
Portuguese (Brazil) edition published by arrangement with Montse
Cortazar Literary Agency (www.montsecortazar.com).

1ª Edição, Gaudí Editorial, São Paulo 2023

Jefferson L. Alves – diretor editorial
Flávio Samuel – gerente de produção
Jefferson Campos – assistente de produção
Juliana Tomasello – coordenadora editorial
Flavia Baggio – tradução
Giovana Sobral – revisão
Korina Marnelaki – ilustrações
Lilian Guimarães – diagramação

Dados Internacionais de Catalogação na Publicação (CIP)
(Câmara Brasileira do Livro, SP, Brasil)
───────────────────────────────────

Mavridou, Despina
   Mãe, pai, vocês podem me ouvir? / Despina Mavridou ;
ilustrações Korina Marnelaki ; tradução Flavia Baggio. – São
Paulo : Gaudí Editorial, 2023.

   Título original: Mum, dad can you hear me?
   ISBN 978-65-87659-30-5

   1. Divórcio - Literatura infantojuvenil I. Marnelaki, Korina. II.
Baggio, Flavia. III. Título.

22-136565   CDD-028.5
───────────────────────────────────

Índices para catálogo sistemático:

1. Literatura infantil 028.5
2. Literatura infantojuvenil 028.5

Inajara Pires de Souza - Bibliotecária - CRB PR-001652/O

Obra atualizada conforme o
NOVO ACORDO ORTOGRÁFICO DA LÍNGUA PORTUGUESA

Gaudí Editorial Ltda.
Rua Pirapitingui, 111, 1º andar – Liberdade
CEP 01508-020 – São Paulo – SP
Tel.: (11) 3277-7999
e-mail: gaudi@gaudieditorial.com.br

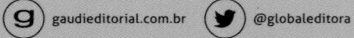 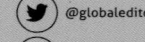
gaudieditorial.com.br   @globaleditora

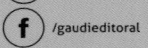 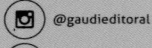
/gaudieditoral   @gaudieditoral

/globaleditora   /globaleditora

blog.grupoeditorialglobal.com.br

Nº de Catálogo: **4606**

Quanto mais alto
os dois egos se elevavam,
mais eles afogavam
sua criação mais sublime…
sua própria filha.

Quarta-feira, 18 de novembro

Querido diário,

Ontem eu estava sonhando que minha prova de Matemática tinha sido cancelada, quando um barulho me acordou e me tirou da cama. Eu estava tentando descobrir de onde vinha aquele barulho todo — até que reconheci a voz do meu pai. Minha mãe e meu pai estavam brigando de novo. Tentei escutar a conversa deles, mesmo que minha avó sempre diga que não devemos fazer isso.

Acho que ela tem razão. Já sou uma mocinha agora. Logo vou fazer 10 anos.

Minha mãe estava dizendo pro meu pai ir embora pra casa da amiguinha dele. Meu pai tem muitos amigos. Não entendi por que essa amiga dele deixou minha mãe tão chateada. Mas de uma coisa eu tenho certeza, ela ficou brava mesmo com essa amiga. Depois de um tempo, eu devo ter voltado a dormir. Não consigo me lembrar de mais nada que aconteceu.

No café da manhã ficamos todos em silêncio, até que meu pai me disse que eles queriam conversar comigo à noite. Perguntei ao meu ursinho o que eles queriam me falar, mas ele também não sabia. Estou tão ansiosa…

Irene colocou o diário debaixo do travesseiro e fechou os olhos.

Quando ela chegou da escola, viu seu pai fazendo as malas. "Uma vez eles brigaram porque cada um queria viajar para um lugar diferente nas férias", Irene pensou. Ela queria acreditar que tinha sido isso o que tinha acontecido na noite anterior.

— Nós vamos viajar? — ela perguntou ao pai.

— Não, filhinha. Sua mãe e eu ainda vamos conversar com você hoje à noite.

"Ele parece preocupado", pensou Irene. "Ele sempre fica com essa cara quando está estressado no trabalho." Ela começou a ficar preocupada também.

Quando anoiteceu, Irene foi se arrastando para a cozinha. Seus pais estavam esperando por ela. Irene notou os olhos de sua mãe cheios de lágrimas, mas não disse nada. Apertou o ursinho o máximo que pôde. Seu pai estava mexendo na comida, engolindo nervosamente e respirando forte. "Ele sempre fica assim quando alguma coisa grave acontece. A última vez que ele ficou assim foi quando me contou que a gente tinha perdido nosso cachorro", pensou ela. O que estava prestes a sair da boca de seu pai não seria nem um pouco agradável.

— Irene, nós queremos contar uma coisa para você — disse seu pai.

Irene abraçou o ursinho de novo.

— Você deve ter percebido que sua mãe e eu não estamos concordando com muitas coisas ultimamente, e isso nos faz gritar um com o outro.

Irene concordou com a cabeça, indecisa. Ela não sabia o que deveria responder, então não disse uma palavra.

— Ultimamente isso tem acontecido o tempo todo, então sua mãe e eu decidimos que seria melhor para todos nós se ficássemos separados por um tempo.

Irene olhou sem entender. Ela estava tentando descobrir o que isso significava para ela. Muitos pensamentos passaram pela sua cabeça naquele momento. "Por que eles vão ficar separados? Para onde o meu pai vai? Onde eu vou ficar? Por que a minha mãe está tão triste? O que importa se eles gritam um com o outro? Eles sempre fazem as pazes e tudo acaba bem no final!"

Irene olhou para sua mãe, que não tinha falado nada esse tempo todo. Ela parecia muito triste. A menina não tinha a menor ideia do que falar ou fazer. Ela só queria que seu pai abraçasse sua mãe, como eles sempre faziam no final. Aí sua mãe não ficaria mais tão triste. O som da voz de seu pai interrompeu seus pensamentos.

— Nada vai mudar para você. Nós sempre seremos seu pai e sua mãe e nós sempre vamos amá-la muito. Vamos nos separar, mas você ainda vai ver nós dois.

"Como assim nada vai mudar pra mim? Vai mudar, sim! Você está indo embora!"

Irene queria gritar. Ela se sentiu sobrecarregada pelo estresse. A menina não entendia por que os adultos sempre dizem o oposto do que está realmente acontecendo. "Se meu pai está indo embora, por que ele está dizendo que nada vai mudar pra mim? Isso é uma grande mentira, e eles sempre me dizem que não devemos contar mentiras", ela pensou.

— O que... o que isso quer dizer? — ela murmurou, baixinho.

— Isso quer dizer que você vai passar alguns dias aqui com a sua mãe e alguns dias na minha casa — respondeu ele, muito naturalmente.

— Mas você não tem outra casa! — Irene pareceu ainda mais confusa.

— Bem, eu ainda não tenho uma. Vou passar uns dias na casa da sua avó e do seu avô até encontrar um lugar para mim. Então você vai ficar lá também.

Irene olhou para o pai, em silêncio. Sua cabeça estava doendo e seu estômago roncando, mas ela não ousou pedir comida. Ela se lembrou de uma vez em que seu pai falou de comida no meio de uma conversa séria. Mudar de assunto sempre deixava sua mãe chateada. A única coisa que ela não queria era chatear sua mãe ainda mais, então ela não disse uma palavra.

Muitas perguntas sem resposta vagavam inquietas pela cabeça de Irene. Ela se arrastou de volta para o quarto.

— Por que meus pais não querem mais ficar juntos? — ela cochichou na orelha do ursinho de pelúcia, como se ele pudesse entendê-la.

— Eu não sei, mas a culpa não é sua — o ursinho respondeu, ou pelo menos era nisso que Irene queria acreditar. Ela precisava desesperadamente ser ouvida por alguém.

— E eu? Eles ainda vão me amar? Minha mãe vai voltar a ser feliz um dia? Meu pai ainda vai brincar comigo? — Lágrimas brotaram em seus olhos.

— Tudo vai melhorar, não se preocupe! — disse o ursinho.

— Tudo vai melhorar! Tudo vai melhorar! — Irene repetiu, para se encorajar.

No dia seguinte, quando ela voltou da escola, seu pai não estava lá. Ela notou as prateleiras vazias e os espaços vazios dos discos. Os olhos de sua mãe estavam profundamente tristes. Irene não sabia o que fazer. Ela foi para o quarto encontrar uma forma de extravasar seus sentimentos. Pegou seu diário e começou a desabafar…

Segunda-feira, 23 de novembro

Querido diário,

Meu pai saiu de casa há dois dias. Ele foi embora mesmo. Fez as malas, não como se fosse viajar, mas como se fosse se mudar. Os dias em casa estão muito estranhos sem ele aqui. Minha mãe está sempre chorando. Mesmo que ela se esconda no quarto para que eu não a veja, eu sei que ela está chorando porque seus olhos estão vermelhos quando ela sai de lá. Ela não tem mais vontade de conversar ou brincar comigo. Depois da escola, conversei com meu pai pelo telefone. Mas não foi como quando ele estava em casa. Quando desligamos, minha mãe me perguntou o que a gente estava conversando. A pergunta dela me deixou chateada. Eu não sei o que ela espera que eu conte. Ela fica muito triste com qualquer coisa que eu digo.

Meu pai me falou que vai passar pra me pegar pra passearmos juntos. Estou tão feliz, mas não vou contar pra minha mãe, porque não quero que ela fique triste. Eu sinto muito a falta do meu pai. Eu e meu ursinho estamos muito tristes.

Ah, meu ursinho! Como vou me esquecer do dia em que minha mãe e meu pai trouxeram ele pra casa pra eu poder abraçá-lo na hora de ir dormir e nunca sentir medo do escuro? Nunca vou me esquecer do momento em que os dois me abraçaram e me deram meu *ursinho de presente. Como eu era feliz quando estávamos todos juntos. Agora eu só tenho o meu ursinho pra me lembrar daqueles dias. Só meu ursinho!*

Irene apertou o ursinho com força e pediu ajuda.

— Eu queria que você pudesse me falar o que eu tenho que fazer para as coisas voltarem a ser como antes! — Lágrimas escorreram pelo seu rosto.

Irene acordou bem cedo no dia seguinte. Na verdade, ela mal conseguiu dormir. Sua mãe pediu para que ela se arrumasse porque seu pai estava a caminho.

— Você vai vir também, mãe? — ela se atreveu a perguntar.

— Não, meu amor. Eu vou ficar aqui, você vai com seu pai e vocês dois vão se divertir. — Sua mãe nem olhou para ela.

Do momento em que sua mãe disse que seu pai estava a caminho, Irene ficou cada vez mais inquieta. Ela trocou de roupa e ficou esperando ansiosamente. Essa seria a primeira vez que eles sairiam sem sua mãe. Era uma grande mudança.

A campainha tocou. Irene abriu a porta com uma saudade avassaladora do pai. Ela se aconchegou em seus braços, e seu coração batia forte de alegria e de tristeza ao mesmo tempo: alegria porque estava vendo seu pai depois do que pareceu uma eternidade, e tristeza porque os três não estariam juntos.

Irene não sabia o que podia fazer para deixar sua mãe e seu pai felizes. Tudo o que ela queria é que os três ficassem juntos, mas agora ela tinha que dividir seu tempo entre eles. Isso doía muito.

— Aonde você gostaria de ir? — perguntou seu pai.

— Pra qualquer lugar — respondeu Irene.

— Eu pensei em irmos ao parquinho para você ver sua amiga Anna, depois podemos ir almoçar naquele restaurante chique ao lado do parquinho. Mais tarde, podemos tomar sorvete e, à noite, podemos ir ao cinema se você quiser.

Irene explodiu de alegria. Um grande "sim" saiu de seus lábios, e ela se esqueceu de como sua mãe poderia estar se sentindo triste e sozinha.

Foi um dia fantástico para Irene. Ela brincou e deu risada; comeu sua comida favorita e assistiu a um filme incrível. Eram 8 horas da noite quando o seu pai falou que precisava levá-la para casa. Irene teve sentimentos diversos. Ela tinha se divertido muito. Fazia tempo que não se sentia tão feliz. A primeira coisa que fez quando voltou para casa foi escrever tudo no diário.

Terça-feira, 24 de novembro

Querido diário,

Passei um dia muito legal com meu pai. Nós fizemos tudo o que eu queria. Era como se estivéssemos de férias e eu estivesse sendo mimada com todas as guloseimas que meus pais pudessem me dar. Algumas vezes meu pai falou no telefone, mas na maioria do tempo ele me deu toda a atenção. Só que quando eu voltei pra casa à noite, minha mãe estava muito triste de novo. Assim que ela me viu com a roupa suja, confessei que tomei sorvete e ela ficou muito brava com meu pai. Acho que eu não deveria ter contado pra ela. Espero que eles não briguem de novo, porque se eles brigarem, talvez meu pai nunca mais me leve pra passear.

Queria que ele estivesse aqui e nós três estivéssemos juntos como antigamente. Queria estar fazendo a lição de casa com ele enquanto minha mãe faz a janta pra nós. É estranho porque quando eu vejo meu pai, parece que eu estou de férias, mas com minha mãe, parece que eu estou na escola.

Minha mãe falou pro meu pai no telefone que ela precisava de dinheiro para as minhas aulas de balé e depois de um tempo ela desligou com tudo na cara dele. Por que isso está acontecendo? Como meus pais chegaram a esse ponto?

Sexta-feira, 27 de novembro

Querido diário,

Estou muito triste hoje. Ontem minha mãe me falou que eu preciso parar com as aulas de balé porque meu pai não vai mais conseguir pagar. Ela falou também que ele gasta todo o dinheiro com a amiga dele, o que eu achei estranho. Ainda não entendi quem é essa amiga dele, mas eu fiquei muito triste. Como meu pai pôde fazer uma coisa dessas? Ele sabe como eu amo balé.

Minha mãe falou pra eu pedir o dinheiro do balé pra ele. Só a ideia de ter que pedir isso me fez congelar.

Não estou bem, nem um pouco, e estou muito confusa. Não quero pedir dinheiro pro meu pai. Isso me parece errado… mas se eu não fizer isso, vou desapontar minha mãe.

Hoje meu pai veio me levar pra passear. Não me diverti brincando com ele nem almoçando. Eu não gostei de nada. A ideia de pedir dinheiro pra ele me paralisou de medo. Não sei por quê. Eu só não queria pedir, mas eu também não queria desapontar minha mãe, então eu pedi. Meu pai me olhou de um jeito muito esquisito. Aí ele falou pra eu pedir pra minha mãe ligar pra ele.

Na próxima vez que minha mãe quiser dinheiro, ela mesma deve pedir, e não me colocar no meio. Essa situação me lembrou um cabo de guerra. De um lado está meu pai, do outro, minha mãe, e eles me puxam como se eu fosse uma corda, pra ver qual lado vai cruzar a linha primeiro.

Eu sou a corda, e a corda pertence aos dois lados. É isso que eles não entendem! Talvez eu tenha que escolher entre minha mãe ou meu pai pra dar um fim nessa situação. Eu não quero fazer isso! Eu amo os dois do jeito que eles são. Eu me divirto tanto com meu pai; ele me faz rir, me mima com guloseimas, me ajuda na lição de casa sem gritar, canta pra mim, me deixa pintar e me dá chocolate escondido. Já minha mãe, ela é sempre tão legal comigo, mesmo que às vezes ela pareça uma professora. Todas as vezes que nós saímos juntas, nós nos divertimos muito. Me sinto uma garota crescida. Ela me leva pra fazer compras, me compra livros e vai nas festas comigo e com meus amigos. Até ao teatro ela me leva. Ah, não! Não posso perder nenhum dos dois.

Irene colocou o diário na bolsa.

Quando sua mãe chegou em casa, a primeira coisa que ela perguntou foi se Irene tinha pedido o dinheiro do balé ao seu pai.

— Eu pedi — respondeu Irene secamente.

— E o que ele disse? — perguntou sua mãe, bruscamente.

— Que vocês dois precisam conversar! — Irene já estava cansada de ficar no meio de seus pais, como se fosse um telefone sem fio.

Ela ouviu sua mãe murmurando por entre os dentes cerrados:

— É claro que ele não tem coragem de dizer à filha o que ele diz pra mim!

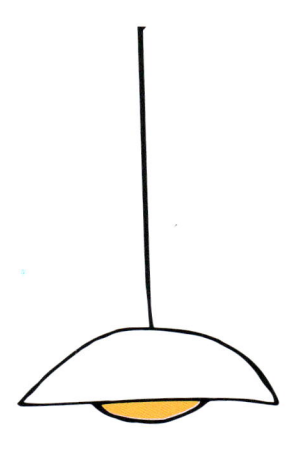

Irene não queria mais brigar com sua mãe. Ela estava muito chateada com a falta de vontade de seu pai em lhe dar o dinheiro do balé e com a grosseria de sua mãe com seu pai.

— Por que ele não quer pagar pelas minhas aulas? Acho melhor eu parar com o balé… Não estou indo muito bem e não tenho muitas amigas lá… Bem, acho que eu não gosto tanto assim de balé como eu achava que gostava. Talvez seja melhor eu parar… E então talvez meus pais parem de brigar. O que você acha disso, ursinho?

Algum tempo depois, a mãe de Irene foi até o quarto e lhe deu um abraço apertado. Irene sussurrou:

— Não se preocupe com o balé. Eu queria parar mesmo.

O que mais importava para ela no mundo era pôr um fim na briga de seus pais.

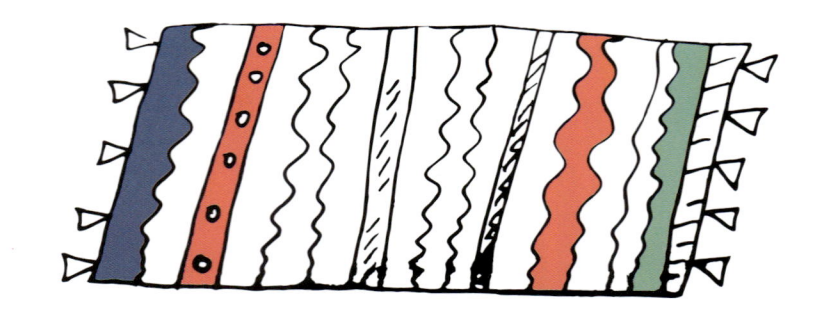

Segunda-feira, 30 de novembro

Querido diário,

Hoje de manhã, alguém — eu não sei quem — veio nos visitar e trouxe uns papéis pra minha mãe assinar. Depois disso, ela começou a chorar de novo e gritou algo como "Então ele quer o divórcio agora?! Ah, claro, ele quer começar uma vida nova!"

O que aquilo significava? Por que meu pai mandou todos aqueles papéis? O que está acontecendo com ele ultimamente? Ele não ama mais minha mãe? Parar o balé não fez diferença nenhuma? Com certeza não, já que eles estão brigando de novo. Eles estão brigando por tudo: porque meu pai se atrasou pra me buscar, porque não me trouxe de volta pra casa no horário, porque não pagou a mensalidade da escola no prazo, porque eu voltei com a roupa suja de novo, porque eu tomei sorvete no meio do inverno, entre outras coisas. Parece que sou eu quem está causando toda essa confusão. E se eu desaparecesse? Meus pais iriam parar de brigar?

Irene fechou o diário e começou a se arrumar, pois seu pai viria buscá-la.

Sua mãe entrou no quarto e disse que em vez disso elas iriam visitar sua avó.

— Rápido, vamos!

Irene ficou tão frustrada com a maneira áspera com que sua mãe falou, que na última hora ela se lembrou que não tinha pegado seu ursinho.

— Ah, mãe, espere! Preciso pegar meu ursinho! Por favor! — ela disse, pronta para explodir em lágrimas.

— Irene, precisamos ir agora! — respondeu sua mãe.

— Por favor, é só um minuto! — Irene implorou.

— Eu disse que não, ponto-final! — gritou sua mãe, batendo a porta atrás delas. Irene não conseguiu parar de chorar durante todo o caminho até a casa de sua avó. Ela se sentia dolorosamente sozinha. Ela nunca se separava de seu ursinho.

— Ah, pare com isso! Você vai ver seu ursinho à noite, não se comporte como um bebê! — gritou sua mãe, enquanto dirigia.

Assim que elas chegaram à casa de sua avó, Irene rapidamente se arrastou para o quarto. Ela estava tão furiosa com o comportamento de sua mãe, que pegou o diário e começou a escrever:

Todas essas coisas que aconteceram hoje me deixaram muito brava. Era a vez de o meu pai vir me buscar, mas minha mãe me trouxe pra casa da minha avó. E ela nem me deixou trazer meu ursinho. Foi a primeira vez que ela gritou comigo assim. Estou cansada de vê-la triste o tempo todo.

De repente, sua avó entrou, Irene parou de escrever e escondeu o diário debaixo do travesseiro.

— O que você está escondendo aí, querida? — perguntou sua avó, mesmo tendo visto de relance o diário.

— Não estou escondendo nada — respondeu Irene.

— Você está triste que sua mãe e seu pai estão brigando? — perguntou sua avó, sentando-se na beirada da cama, ao seu lado.

— Estou triste porque deixei meu ursinho sozinho em casa. Só o meu pobre ursinho me ama, e minha mãe conseguiu expulsá-lo também! — gritou Irene.

— Ah, entendo. Você não está triste por causa da sua mãe e do seu pai?

Irene não respondeu, apenas sacudiu os ombros. Ela não queria mais falar disso. Estava com muito medo de que tudo isso fosse culpa sua. Assim que sua avó saiu do quarto, ela pegou o diário de novo e continuou a escrever até cair no sono.

Quando sua avó voltou para dar um beijo de boa-noite, o diário estava aberto. Seus olhos se fixaram em um trecho que Irene estava escrevendo:

… Eu não tenho a menor ideia de por que isso está acontecendo com a gente. Uma coisa que eu tenho certeza é de que amo os dois e não quero mais ver brigas. O meu único sonho é acordar um dia e vê-los se abraçando de novo e eu me aconchegando neles o máximo que posso. Eu não consigo imaginar o que essa amiga do meu pai fez e por que ela deixou minha mãe tão brava. Pra mim, a única coisa que importa é que minha mãe e meu pai parem de brigar. Eu tive uma ideia pra melhorar as coisas, porque eu acho que eles estão brigando por minha causa. Eu não vou falar com eles por um tempo pra ver se eles param de brigar. Não sei se meu plano vai funcionar, mas não há mais nada que eu possa fazer.

Enquanto sua avó estava completamente absorta lendo tudo aquilo, caiu em suas mãos, de algum lugar do meio das páginas, um guardanapo dobrado. Ela rapidamente deu uma espiada e começou a ler:

Vou falar com vocês de novo…

… se vocês pararem de falar coisas ruins um para o outro e um do outro. Vocês são meus pais; eu amo vocês dois até o infinito e eu quero passar um tempo com os dois. Vocês estão ME machucando quando vocês falam todas essas coisas ruins.

… se vocês pararem de brigar por dinheiro na minha frente. Sinceramente, eu não quero saber quem gasta mais dinheiro comigo. Eu queria que vocês dividissem o custo das coisas como vocês faziam antes de se separarem. Ouvir que vocês não querem pagar pelas coisas que eu amo ME machuca.

… se vocês me deixarem brincar com meus amigos sempre que EU quiser. É o único momento em que eu fico calma e não me sinto tão triste. Eu preciso de um tempo pra ser criança. Não estraguem a minha infância.

… se vocês pararem de me colocar no meio das brigas, me pedindo pra dizer coisas um para o outro. Se vocês precisarem discutir algo, façam isso sozinhos. EU NÃO QUERO SABER. Vocês não precisam brigar por minha causa.

… se vocês pararem de dizer que eu faço algo por causa de um ou de outro sempre que eu faço alguma coisa que vocês não gostam. Eu tenho a minha própria personalidade.

… se vocês pararem de falar de MIM como se eu fosse uma espécie de acessório. Desculpas como "ele não pôde vir buscar você porque o trabalho dele vem em primeiro lugar" não são legais de se ouvir.

… se vocês decidirem juntos as coisas que dizem respeito a MIM, como vocês faziam antigamente, sem brigar. Eu não quero saber quem apoiou o que eu queria.

… se vocês tiverem regras semelhantes nas duas casas. Regras diferentes ME deixam confusa.

… se vocês pararem de tirar sarro do presente que o outro deu ou de falar que não foi assim tão caro. NÃO ME IMPORTA se foi barato ou caro; a única coisa que me importa é que vocês pensaram em mim.

… se vocês pararem de discutir sobre com quem eu vou passar as férias ou meu aniversário. O ideal pra MIM seria passar as férias e meu aniversário com vocês dois!

… se vocês têm outras pessoas na vida de vocês, eu deveria conhecê-las. Não sei se vou gostar delas ou não, mas elas podem fazer parte da minha família, se elas me amarem também!

Irene, a filha de vocês

A avó não falou nada a respeito disso com a mãe de Irene. Alguns dias depois, Irene colocou seu plano em ação. Ela estava tão cansada de todas aquelas brigas acontecendo o tempo todo, que não suportava mais ouvir nada. Toda vez que eles brigavam, ela tampava os ouvidos e começava a cantar para seu ursinho o mais alto que podia. Estava na hora de implementar seu plano.

Naquela noite, quando chegou em casa, Irene não disse uma palavra para sua mãe, por mais que ela tentasse tirar algo dela.

— Você se divertiu com sua avó? Está chateada que não viu seu pai? Não se preocupe, você não vai perder seu pai. Você percebeu que seu pai vai sair de casa e seguir com a vida dele? Você não quer comer nada?

Ela continuou fazendo perguntas e mais perguntas.

Dias se passaram e a mãe de Irene seguiu bombardeando-a com perguntas. Todas elas ficaram sem resposta.

Ela fez a mesma coisa com seu pai. Quando ele veio buscá-la, ela não correu para dar um abraço nele e não demonstrou estar feliz em vê-lo. Ela estava muito brava com os dois. Todas as tentativas por parte de seu pai para tentar se desculpar foram em vão.

— Me desculpe por não ter vindo aquele dia, mas sua mãe levou você para sua avó e não me deixou buscá-la. Você está chateada por causa daqueles papéis? Você está triste porque vamos nos separar? É o melhor para todos nós, assim nós vamos parar de brigar! Você se incomoda se eu apresentar você a uma amiga com quem tenho saído? Não se preocupe; não vou deixar sua mãe afastá-la de mim. E se nós tomássemos um sorvete juntos?

Dias se passaram e seu pai também continuou fazendo perguntas e mais perguntas, mas ela manteve-se em total silêncio.

Irene manteve-se resistente em seu silêncio por dez dias e não falou com ninguém. Não apenas com seus pais, mas com ninguém da escola também. Seus pais pararam de brigar. Quando eles se falavam pelo telefone, sua mãe sussurrava para que Irene não pudesse ouvir. Os dois pareciam estar muito preocupados com ela.

Um dia, sua avó e sua mãe estavam conversando por horas na cozinha. Depois, a avó foi para o quarto de Irene.

— Querida, é sua avó! Você não quer falar nem comigo?

Não houve resposta e o silêncio reinou no quarto.

— Ei, escute, minha querida, eu sei do seu plano secreto. Eu sei que você parou de falar com seus pais para que eles parassem de brigar o tempo todo. Eu também sei daquela sua lista! — cochichou a avó.

Mesmo assim, Irene não respondeu, embora quisesse saber como diabos ela sabia tudo aquilo. Depois de algumas horas, Irene correu em direção a sua avó e colocou o guardanapo com a lista nas mãos dela.

— Por favor, vó, me ajude a ser ouvida! É isso o que eu quero! — Irene e seu ursinho caíram nos braços reconfortantes da avó.

A avó segurou com força o guardanapo com a lista. Lágrimas rolaram devagar pelo seu rosto. Ela voltou à cozinha, onde sua filha estava esperando, pegou sua mão e lhe entregou o guardanapo.

— Leia com atenção e sempre se lembre disso em todas as decisões que tomar na vida. E dê esse guardanapo ao pai da Irene também!

O silêncio foi a forma que Irene encontrou para ser ouvida, com mais força e mais clareza do que nunca. Os egos inflados de seus pais começaram a desmoronar. Um novo relacionamento surgiu entre eles, e eles sabiam que tinham que manter uma comunicação amigável, mesmo que não estivessem mais morando juntos. Agora, puro amor e ondas de ternura cobriam a mais sublime criação deles, sua própria filha.

"Não se preocupe que seus filhos nunca escutem o que você diz; preocupe-se que eles sempre estão te observando."

ROBERT FULGHUM

"O sinal de uma boa criação não é o comportamento dos filhos.

O sinal de uma boa criação é o comportamento dos pais."

ANDY SMITHSON

Nota da autora

Olá, meu nome é Despina, sou da Grécia, e essa história foi inspirada na minha própria história. A ideia é ajudar os pais a entenderem os sentimentos, as necessidades e os pensamentos das crianças antes, durante e depois do divórcio. E também ajudar as crianças a entenderem que elas não estão sozinhas e que um equilíbrio pode ser encontrado no final.

Como mãe, eu entendo que o divórcio é um dos eventos mais estressantes da vida de alguém e que a criação dos filhos pode virar um pesadelo depois disso. Contudo, como filha de pais separados, sei que os conflitos entre os pais podem ter efeitos prejudiciais nos filhos e que o maior presente para uma criança que está passando pelo divórcio dos pais é manter uma relação saudável e pacífica com ambos.

Com amor,
Despina